그대는
없는데

그대가
있습니다

그대는
없는데

그대가
있습니다

이태우 시집

문득 아무것도 할 수 없을 때가 있어

보이는 것도 아닌데 느껴지는 것도 아닌데

쓸데없이 충만한 그런 시간

바른북스

시인의 말

우리는 존재하지 않는 것을 그리워하고 아파합니다.

되돌아보면 덤덤히 바라볼 수 있는 어느 날의 아픔

떠올리기만 해도 설레다 어느덧 아릿해지는 모든 순간

여전히 가슴 안에 머무르면서도 더는 자라지 않는 꿈

누구나 품고 있지만, 손에 쥐려 하면 잡히지 않는 모든 것을

노트 한구석 낙서처럼, 오랫동안 쓰지 않은 일기처럼,

전하지 못한 편지처럼

이 한 권의 시집에 담고자 했습니다.

울고 싶지만 소리 내어 울기 싫다면

위로받고 싶지만 괜찮아질 거란 말은 싫다면

어느 늦은 밤 이 시집을 뒤적이며

차갑게 우울하다 설핏 잠들어도 좋겠습니다.

차례

2부 **그대가**

있습니다

1부

그대는 없는데

오래된 것에서는 소리가 난다

오래된 것에서는 소리가 난다
늦은 밤 집 안 어디선가 들리는 소리처럼

누가 건드린 것도 아닌데
그렇다고 살아있는 것도 아닌데

늦은 밤
내 마음에서 소리가 난다

누가 건드린 것도 아닌데
그렇다고 살아있는 것도 아닌데

아마도
내 것도 아닌 너를
너무 오래 담아두었나 보다

좋아요

몇 번을 망설이다 누르는
'좋아요'

영 좋지 않은 내가
썩 좋아 보이는 네게 할 수 있는
유일한 괜찮은 척

밤에 이별하자

우리, 밤에 이별하자

옅어진 사랑이라도 아픔만큼은 짙을 테니
혹 눈물이 나도 어둠에 묻을 수 있게

우리, 밤에 이별하자

끝나는 사랑이라도 미련은 시작일 테니
단 몇 시간이라도 더 사랑했다 말할 수 있게

우리, 밤에 이별하자

짧은 이별이라도 슬픔은 길 테니
조금만 슬퍼하고 이내 잠들 수 있게

막을 수 없다면
돌이킬 수 없다면

우리의 이별이

조금은 수월할 수 있도록

그래, 우리
밤에 이별하자

마지막 봄

우리의 사랑은
봄날의 낮과 밤이었을까

겨울을 닮은 밤과
여름을 닮은 낮 사이 그 어디쯤이
우리의 이름이었을 텐데

덧없는 비바람에
그 짧은 이름마저 잃고 나니
소나기가 훔쳐간 꽃잎이 수놓인 길은
뒤로 걸어야 눈에 띄지 않을
그리움이 되었다

두 번 다시 같은 이름으로 불릴 수 없는 계절

너는 내가
마지막으로 품은 봄이었다

TV를 보다가

TV를 보다가
웃음이 터져 나왔어

너를 잃은 내가
웃었어

네가 그 정도밖에 안 되는 걸까
내가 이 정도밖에 안 되는 걸까

그리움은 별과 같아서

그리움은
밤하늘의 별과 같아서
마음이 까맣게 짙어갈수록
더 밝게 빛나는가 보다

관성

미안
너를 내려놓음이 더뎌서

이미 나를 놓은 너는 멈췄는데
내겐 아직 관성이 남았구나

미움보다 슬픔이 크니
날 멈추기엔 마찰이 약할 뿐

결국 난 멈출 테고
우린 제법 멀어지겠지

미안
너를 내려놓음이 더뎌서

사랑한 만큼 관성이 클 뿐
나도 열심히 이별 중이야

말해 줘요

말해 줘요
내가 싫어졌다고

말해 줘요
나를 사랑하지 않는다고

말해 줘요
나를 만난 걸 후회한다고

말해 줘요
다신 보고 싶지 않다고

하지만

그렇게 말하지 못할 거라면
그렇게 망설일 거라면

말하지 말아요
이별이란 단어를

말하지 말아요
안녕이란 인사를

새벽

꿈에서 마주칠까 두려워
뜬눈으로 밤을 지새우다
너무 일찍
네 생각으로 시작한 하루

나쁜 질문 못된 대답

잘 지내냐고 묻는 너에게
뭐라고 대답해야 할까

잘 지낸다 말하면 안심할까
잘 지내지 못한다 말하면 안심할까

사실 나는

잘 지낸다 말해야 아파할지
잘 지내지 못한다 말해야 아파할지
궁금할 따름인데

양말

사랑은
양말을 닮았어요

어느 한쪽만 구멍이 나도
수명이 다하는 걸 보면

후회

내 마음이 어두워
그대 마음의 어둠을 보지 못했습니다

그대는 나의 어둠까지 사랑했는데
나는 그대가 가진 한 줌 빛만 사랑했군요

그 빛이
내게 가진 희망인 줄도 모르고

당신의 어둠이
내가 준 절망인 줄은 끝내 모르고

철렁

길을 걷다 마주친
비슷한 뒷모습에
철렁
가슴이 내려앉는 걸 보니

깜빡 잊었던 모양이다
영영 잊은 게 아니라

자정입니다

자정입니다

그리움은 짙어지고
기억들은 맑아집니다

별수 없습니다

당신은 하루 더 멀어졌지만
나는 하루 더 사랑합니다

남겨졌으니
그대로 머물 뿐입니다

자정입니다

슬프지만
그래도 제 사랑은 무르익습니다

짜증 나

너를 잊으면 내 사랑이 그것밖에 안 되고
너를 잊지 못하면 내가 그것밖에 안 돼서

별자리

우리가
별자리라면

당신의 이름은
빈자리

나의 이름은
제자리

없어져요, 우리

나
소망이 하나 있어요

이제 우리
이별하기로 해요

내일 그대가 곁에 없는 것보다
지금 그대가 곁에 있는 것이
오늘의 나에겐 더 큰 두려움이니까요

함께 있어도 온기가 느껴지지 않는데
사랑이라 부르면 안 되는 거잖아요

마주 앉아도 시선이 머무르지 않는데
사랑이라 부를 수 없는 거잖아요

그대를 잃을지 모른다는 공포가
사랑이란 이름으로 우리 사이에 앉아있을 때
나는 알았어요

없는데 있는 것처럼 보이는 것이
정말 없는 것보다 무섭다는 것을

이제
우리 이별하기로 해요

있는 것처럼 그러지 말고
있는 척 그러지 말고

이대로
없어져요, 우리

네 말이 그래

붉은 하늘에서
검은 눈이 내려

땅은 흐르고
강물은 모래처럼 부서져

밤에 뜬 태양은 어둠에 삼켜지고
낮에 뜬 달은 빛을 삼켜

알아
말도 안 되는 거

네 입에서 나오는 말이 그래
이제 이별이라는 네 말이 그래

조짐

멀어진 시선
무감정 접촉
빗나간 질문
엉키는 대화
건조한 침묵
반복의 반복

예쁜 선

어떤 점이 못마땅한가요
어떤 면이 미덥잖은가요

사이 잇던 선 하나 가로누웠을 뿐인데
손 뻗기도 두려운 벽이 되어버렸네요

마땅한 점을 따라 선 하나 잇고
미더운 면을 좇아 선 하나 이어
관계가 되고 영역이 되었는데
어디서부터 어긋난 걸까요

애초에 관계의 시작은
보여주고 싶은 것만 드러내고
보이는 것만 받아들이는 데서 시작하는 것

보이고 싶지 않은 것이 드러나고
받아들일 수 없는 것을 보았을 때
그토록 견고해 보이던 선이
그처럼 견고한 벽이 될 줄 몰랐던 걸까요

아니면
보여주고 싶은 것만 바라보고
받아들일 수 있는 것만 보여주는
위태로운 관계를 원했던 걸까요

그래요 어쩌면
가진 거라곤 부족한 점 모난 면뿐이라
마땅한 점 미더운 면만 보였을지도

그래서 어쩌면
위태로워도 선이 예쁜
그런 관계를 원했을지도

그러니 어쩌면
구태여 거울 같은 관계를 품을 바에야
선이 예쁜 맺음이 마땅할지도

꽃샘

그래
봄은 한 번도 그냥 온 적 없었지
겨울이 그냥 떠나간 적 없었으니까

쉬운 이별이 어딨겠어
한철이라도 그게 사랑이었다면

그랬구나

난 참 좋은 사람을 잃었구나

우리의 이별을 모르는 사람들이
혼자인 나를 볼 때마다
매번 너의 안부를 묻는 걸 보면

우린 참 예쁜 사랑을 했구나

우리의 이별을 몰랐던 사람들이
혼자된 나를 볼 때마다
그토록 안타까워하는 걸 보면

넌 참 여린 사람이었구나

우리의 이별을 알게 된 사람들이
혼자인 나를 마주하고도
오히려 너를 걱정하는 걸 보면

가을이 오니

밤은 일찍 찾아오고
아침은 더디 오는구나

이제

그리움은 이르고
놓아줌은 더디어질 테지

앙상하게 모든 걸
내려놓을 때까지

어깨

비가 내리면
한쪽만 젖었던

기대기만 해도
안식을 주었던

기울어진 모습만으로
감정의 무게를 알 수 있었던

이제 더는 젖지 않고
기댈 수도 없는
새벽 3시 40분의 무게

모른 척하기로 했습니다

또 한 발짝 멀어진 그대를
모른 척하기로 했습니다

성큼 멀어지지 못하는 그대의 발걸음이
혹여 망설임에 있진 않을까
어쩌면 한순간 후회하진 않을까

그러다 그대 다시 내 곁에 돌아와도
나는 그저 아무것도 몰랐던 것처럼

멀어진 그대를 모른 척하기로 했습니다
돌아온 그대를 모른 척하기로 했습니다

쿨하지 못해 미안해

잘 지내라고 말했지만
정말 잘 지내면 슬플 것 같아

알고 싶습니다

알고 싶습니다

아침을 맞은 초록에도
긴 밤의 어둠이 스미어 있는지

알고 싶습니다

창문을 두드리는 빗소리에도
이불 속 마른 울음이 담겨 있는지

알고 싶습니다

앞을 향한 발걸음에도
뒤돌아 걷는 설움이 엉키어 있는지

알고 싶습니다

여전히 닿지 않는
저 너머의 모든 것을

나를 잠식한 불완전이

정녕 아름답고 선명해지는지를

바보처럼

비가 내리는 건 싫지만
비 내리는 소리는 좋아

울고 싶진 않지만
너의 목소리는 듣고 싶은 것처럼

우산 생각

이른 아침부터 내리던 비는
밤이 깊도록 그칠 줄 모릅니다
잠시 멈추는 듯하다가도
이내 다시 터지는 울음

현실은 늘 되묻곤 합니다
잃어버린 우산을 찾고 싶은 건지
아니면
우산을 잃어버리기 전으로
돌아가고 싶은 건지

아직 잘 모르겠습니다
비는 여전히 내리고 밤은 아직 한창이라

비가 오지 않아도 아침이 밝아와도
여전히 그 우산 생각이라면
아마도 조금 알 수 있겠습니다만

감정예보

내일은 비가 온대

마음은 서늘하고
온종일 네가 그리울 예정이야

버릴 수 없는 체온

잠깐만 안아줄래요?

맞닿은 심장이 여전히 따뜻한데도
그대가 떠날 수 있을까 싶어서

그리움이 피었다

창밖에 그리움이 피었다

창을 열면 밀려들 향기는
손을 뻗어 만지도록 만들겠지

상처를 입히고도 빨갛게 물들어
차마 꺾어버리지도 못하게

사진을 보다가

사진에서
눈물이 배어 나온다

멈춰있는 기억에는
지금의 내겐 없는 것뿐이라서

젊음도
순수도
자신감도

그리고 사람도

몽글몽글 맺히다
흐르는 눈물

사진 속 내가
울고 있다

가질 수 없는 미소를 머금고

악몽

떠날 때보다 야윈 그대를 끌어안고
보고 싶었다고 말했다

꽃이라 부를 수 있을 때

너무 애쓰지 마요

아직 향기가 남아
꽃이라 부를 수 있을 때

그렇게 헤어져요
우리

병아리가 물었다

양계장에서 태어난 병아리에게
넌 날개가 있지만 평생 날 수도 없고
언젠가 고기가 될 운명이라고 말했다

하늘도 본 적 없고
날지 못하는 어른들로 둘러싸인 병아리에게
날 수 없다는 건 슬픈 일이 아니었다

병아리가 물었다

마지막 그날을
내가 정할 수 있나요

아니라고 말하자
병아리가 울었다

슬프네요

태어나는 것도

사는 것도
죽는 것도
무엇 하나 내 것이 없다는 게

닭으로 죽기 위해
살아야 한다는 게

오늘의 나는 가지지 못할 행복

잘 살고 싶어서 이렇게 살아

오늘을 하얗게 태우고
마음은 까맣게 태우고

같아도

이별만큼
숨기기 힘든 변화가 있을까

갑자기 머리를 짧게 자르면
무슨 일이 있는 거라 믿어버리는 것처럼
너를 덜어내고 만 나는
누구에게든 쉽게 들켜버리고 말겠지

똑같이 웃어도
똑같이 입어도
똑같이 살아도

살 수 없는 것

어른이 되어 모든 걸 갖고 싶었던 그 시절
어른이 되고도 다시 가질 수 없는 그 시절

권태

사랑한다는 말은 한없이 가벼워지고
공허함은 한없이 무거워진다

사춘기

이 길은 처음이라
두렵고 무서워

어디로 가야 하는지 알 수 없고
왜 가야 하는지도 모르는데
돌아갈 방법조차 없는 외길

가만히 서 있기만 해도 스르륵 미끄러져
어느새 저만치 떠내려가 버려도
고개를 저으며 이리 오라는 손짓뿐

아니 나는 두렵고 무섭다고
했던 말을 또 해야 하지

닮은꼴에 기대고 싶지만
닮은 꼴이 되고 싶지는 않은
호르몬의 뒤틀린 심보

아니 나는 두렵고 무섭다고

짜증 섞어 뱉어야 하지

닮고 싶진 않아도
닮아서라고 핑계 대긴 싫어
다르고 싶을 뿐
달아나고 싶진 않아시

맞아 나는 두렵고 무서워
한 번 더 얘기하지
뾰족하게 날카롭게

그래도
그래도

'그렇구나'라고 말해 줘
'이렇게'라고 하지 말고

'그랬구나'라고 말해 줘
'이랬다'고 하지 말고

오보

내릴 거라던 비가 끝내 오지 않은 날
서둘러 설레고 끝내 내리지 못한 그리움

자리 있어요

자리 있어요

홀로 앉은 이 자리
곁은 비어 있지만

돌아올 거예요
잠시 자릴 비운 거예요

어제는 온종일 그리움이 앉더니
오늘은 온종일 여운의 차지

돌아올 거예요
잠시 비운 거예요

홀로 앉은 이 자리
곁은 비어 있어도

자리 있어요
빈자리가 아니에요

그럴 수도 있지

한겨울에 문득 복숭아가 생각날 수도 있지
한겨울에 문득 네가 생각날 수도 있지

고름

잠 못 든 밤 어둠은 마음을 닮아
두 손을 뻗어도 잡히는 것 없는데
가슴에 얹힌 허공은 무엇을 담아
한숨만 쉬어도 이토록 무거운 걸까

새벽하늘 밝아 와 묽어진 어둠
그늘로 달아나 몽글몽글 맺히면
무겁고 긴 그림자에 삼켜진 허공
바닥에 끌리며 진물 자리 남기는데

아무것도 하지 않아야
딱지가 앉으려나
아무것도 아닌 그대가
여전히 깊은데도

차라리

흐린 날이면
차라리 비가 오길 바라곤 해
집을 나서야 한다면
망설임 없이 우산을 집어 들 수 있도록

열이 오르면
차라리 감기이길 바라곤 해
병에 걸린 거라면
잠시만 앓고 나을 수 있도록

허기가 지면
차라리 잠이 오길 바라곤 해
굶어야 한다면
시간이라도 빨리 흐를 수 있도록

그러니까

행복할 수 없다면
아파야 한다면

그리워하게 된다면

망설임 없이 받아들일 수 있도록
잠시만 앓고 나을 수 있도록
시간이라도 빨리 흐를 수 있도록

차라리
헤어졌으면 해
아팠으면 해
잠들었으면 해

방부제

추억이라는 방부제 탓에
썩어 없어지지도 않는 슬픔

전하지 못한 인사

울먹이던 하늘이
끝내 울음을 터뜨리자
침대에 머물던 잔상은
알맞은 핑계를 찾았다

기웃기웃
기억의 생사를 훔쳐보던 지난밤의 꼬리가
뒤척이는 발끝에 똬리를 튼 뒤에야
소스라치듯 벗어난 흑회색의 가위

또 한 번 안녕
웃어주지도 못하고
또 한 번 안녕
보내주지도 못하고

온종일 비가 내린다는 예보

젖은 아침이 무겁다
전하지 못한 인사만큼

지극히 사적인 이별

이별도
행복하고 싶으니까 하는 거야

행복하고 싶어서
사랑했던 것처럼

잠기다

서성이다
그리움의 바다에 발을 담갔습니다

이런

어느덧 밀려든 그리움이
가슴까지 차오릅니다

몰랐습니다

추억은 무겁고
그리움은 쉽게 넘친다는 것을

알게 되었습니다

잠기어 숨 쉴 수 없는 것보다
비워내고 사는 것이 두렵다는 것을

여우비

어쩌면 우리도
저렇게 울고 있을까

입꼬리만 올린 채

괜찮은 척
아무 일 없는 척
잘살고 있는 척

혼잣말

혼잣말은 혼자서 하는 말
그러나 누군가 들었으면 하는 말

돌아오지 않을 계절

눈을 감고
물끄러미 향기를 바라본다

한들한들
자줏빛 그늘 속
찰랑이며 앞서 걷던 머릿결
그 반짝이는 향기를 바라본다

손을 뻗어
가만히 소리를 매만진다

톡 토도독
빗방울 물든 꽃잎 아래
천천히 기대 다가오던 숨결
그 따뜻한 소리를 매만진다

한 떨기의 아름다움과
한 잎의 고독
그리고

한 아름의 그리움

라일락이 지고 있다
돌아오지 않을 계절처럼

안부

뿌리 뽑아 떠나고도 거기 안녕하신가
뿌리 깊어 남은 나는 아직 여기 있소

텅 빈 마당 가득 그리움이 무성하고
거둘 이 없이도 추억은 무르익소

어둠 짙어 고요한 밤 불 밝을 리 없는 탓에
기나긴 밤 별 헤아림 무료할 일 없소만

돌아올 리 없는 날이 좋기만은 하겠소
마지막을 아는 삶이 달갑기만 하겠소

떨어지지 않던 걸음 내려앉던 긴 한숨을
한 번이든 두 번이든 다시 겪고 싶겠소만

어느 한날 남풍 불어 낯익은 길 따뜻할 제
나그네처럼 들렀다 가오 스치듯 한 번 지나가 주오

나이를 먹는다는 건

나이를 먹는다는 건
어제의 나와 작별하는 것

무겁고 힘들었던 모든 걸 짊어지고
자기 이름은 이제 추억이라며
작별을 고하는 것

토닥토닥 애썼다며
등을 밀어주는 내게
고마웠다는 말도 못 하고
길을 나서는 것

알았더라면

알았더라면

신과 절망 사이 가로놓인 주파수가
삶을 꿰뚫고 단절의 비명을 지르기 전에

침추砧槌의 속셈을
굳어버린 공명을

알았더라면

가라앉지 못해 휩쓸리는 부표처럼
소금물 삼키며 여기 있노라 외치기 전에

기도의 뒷면을
무릎 꿇은 상심을

몰랐더라면

고통의 속셈을 통성의 뒷면을

어둠이 토해내는 말긋말긋한 아침을

부활을 바라면서 죽음이 두려운 이곳에
기어이 구원의 손길이 닿기 전에

꿀꺽

슬픔도 삼킬 수만 있다면

이 뜨거운 슬픔을 목구멍으로 떠넘기고
무책임하게 잊을 수 있을 텐데

후유증

아픔이 반복되는 자리엔
굳은살이 자란다

고통엔 무뎌지고
온기에는 무감각해진다

이별도 그렇다

극복하는 것이 아니라
무뎌지는 것

지나간 아픔으로부터
다가오는 온기로부터

아파도 좋은 관계는 없어

애쓰지 마
굳이 마음 상하면서까지

신경 쓰지 마
굳이 멀어지는 사람까지

허기

당신을 이야기하는 밤

술 한 잔에 사연 담아
목구멍으로 욱여넣고
채울 수 없는 허기
달래는 시간

시답잖은 농담에 묽어진 속내
오가는 술잔 따라 짙어져 가면

어질어질 흔들리는 당신 없는 까만 밤
닿지 못할 그리움만 선명해지고

당신을 이야기하는
또 한 번의 깊은 밤

그리움에 취해도
허기만 깊은 또 한 밤

눈사람

창문 너머 앙상한 나무에
색바랜 햇살이 걸렸다

살얼음 같던 숨결이
이슬처럼 빛났고
부스스 눈꽃이 내렸다

부르튼 가지 끝
거스러미 닮은 잎 하나
메마른 살 부벼 우는 그 창백한 노래가
긴 밤 지새운 내 울음보다
살아있는 것처럼 느껴질 때

차라리 내게도
돌아오리란 약속보다
끝을 아는 기다림이 남았더라면

깨질 듯 얼어붙은 가슴은
움직일 줄 모르는데

하필이면 슬픔이 뜨거워

출렁출렁

풍경이 일렁인다

그리움이 찾아오는 시간

그리움이 몇 시쯤 찾아올지
알 수 있으면 좋겠어
그리움이 찾아올 즈음
미리 잠들 수 있도록

꿈에서만 그리워하고
깨어나면 잊을 수 있게

너는, 바다

때로는 어루만지고
때로는 부딪혀 오며
조금씩
마음을 쓸어가는

밀물처럼 온통 너로 채우다
썰물처럼 나만 남겨두고 사라져 버린

너는, 바다

용기

사랑은 늘
용기를 필요로 한다

사랑을 얻기 위해서도
그 사랑을 놓기 위해서도

2부

그대가 있습니다

당신은 내게

슬픔을 이겨낼 자신은 없지만
슬픔을 위로할 자신은 있어요

아픔을 견뎌낼 힘은 없지만
아픔을 감싸줄 힘은 있어요

두려움에 맞설 용기는 없지만
두려워도 앞설 용기는 있어요

당신은 내게 그런 사람이니까
당신은 내게 그런 사랑이니까

노을

넌 마치 노을 같아

아름답지만,
만남은 짧고
기다림은 길거든

존재, 그 선한 영향력

시선이 머문 들꽃에게서
애써 향기를 찾지 않더라도
우리는 꽃이라 부르고
예쁘다 말한다

그저
피어있기만 하여도

그러니 너도
피어있기만 하여라

지지 말고
스러지지 말고
너대로
있는 그대로

살아남아 의미가 되어라
살아남아 존재가 되어라

아름다운 꽃밭도

한 송이 꽃으로부터 시작하니까

독후감

설렘도
웃음도
눈물도
아픔도
오롯이 당신이 만들어낸 감정들

당신은 나의 이야기
나는 당신의 독후감

아들의 결혼사진

오래된 사진 속 신랑 신부는
젊고 예뻤다
촌스러운 옷과 화장은
보이지도 않을 만큼

세월에 바랜 건 사진만이 아니어서
남편과 아내는 쓸쓸하게 웃었다

사랑도 행복도 낡았는데
추억은 반짝반짝 빛났다

안부를 물으려다
반찬을 챙긴다

보고 싶어서라는 말보다
그럴듯한 핑계가 필요해서

빛의 거짓말

우리가 보는 색들은
빛이 품은 수많은 색 중에
반사되는 것만 보는 거라지

빨간 사과도
노란 개나리도
사실은 흡수되지 않은 색의 빛이
우리에게 찾아와
사과는 빨갛다고
개나리는 노랗다고
속삭이고 있는 거지

그러니까
같은 빛 아래 서 있는 우리에게
까맣게 보이는 누군가가 있다면
사실 그는 모든 색의 빛을 품고 있는 거야
어두운 것이 아니고

우리는 어쩌면

모든 색의 빛을 받아들여

가장 따뜻한 온도를 가진 누군가를

색도 없고 차갑다 오해하고 있을지 몰라

진짜라는 건

오히려 빛이 없는 곳이라야

만날 수 있을지도 모르지

단짠단짠

추억은
온갖 감정으로 버무려진
단짠단짠의 기억

추억을 곱씹을수록
그리움이 살찌는 이유

검은 건반

검은 건반 같은 사람이 되어야지

너무 들떠있으면 반음 내려주고
너무 가라앉으면 반음 올려주는

모르는 사람은 쓸 줄 몰라도
아는 사람은 귀하게 쓰게 되는

함께 있다는 건 깨닫기 힘들어도
없는 모습은 상상할 수 없는 그런

꼬리

사람에겐 꼬리가 없어 다행이야

저만치 네가 보이기만 해도
내 맘을 숨길 수 없을 테니까

궁금해서

넌 지금 어디니?
난 아직 그 자리인데

그냥 궁금했어

보이지도 않는데
자꾸 너의 향기가 느껴져서

비가 내립니다

우산은 필요 없습니다
비가 내리고는 있지만

젖지 않으려 한다면 모를까
오늘은 딱히 피할 이유가 없습니다
비가 내리니
그냥 젖어보려 합니다

창문은 닫지 않았습니다
비가 내리고는 있지만

돌아가지 않는다면 모를까
오늘은 딱히 닫을 이유가 없습니다
비가 내리니
그냥 열어두려 합니다

산 너머 하늘은 예쁘지만
아직은 먼 이야기

비가 내립니다

우산은 필요치 않고
창문은 닫지 않았습니다

오늘은 그냥 흠뻑 젖은 채
비가 들이치는 방으로 돌아가려 합니다

기적

나는 평범한 사람입니다

그러나
그대 머리 위에 햇살이 내리면
나는, 햇살을 만질 수 있는 사람이 됩니다

나는 평범한 사람입니다

그러나
혹한의 계절에도 그대를 안으면
나는, 푸른 봄을 품은 사람이 됩니다

나는 평범한 사람입니다

그러나
그대가 어둠 속에 길을 잃으면
나는, 밝은 빛을 반짝이는 사람이 됩니다

평범한 내가

햇살을 만지고 푸른 봄을 품으며
밝은 빛을 반짝이는 기적

그대는 정말
특별한 사람입니다

당신은 모를

나의 그리움을
당신이 온전히 느낄 수 있다면
아마 당신은
숨조차 제대로 쉬지 못할 텐데

가져요

가져요
내 마음을

그대가 아니면 뛰지 않는
내 것이 아닌 이 마음을

고슴도치

나는 이렇게 태어나서
사랑이 뭔지 몰라

사랑이 먼저 다가가는 거라면
내가 다가갈 때마다 물러서던 모습들이
그건 사랑이 아니라고 알려줬어

사랑이 그저 기다리는 거라면
내게 다가올 때마다 상처받던 모습들이
그건 사랑이 아니라고 알려줬어

먼저 다가가도 아니라면
그저 기다려도 아니라면
사랑이란 없는 거잖아

그러니
이렇게 나를 끌어안고도
아프지 않다고 속삭이는 네가
거짓말 같아

그렇게 피가 배어 나오는
상처를 품고도 놓지 않는 네가
멍청이 같아

두고 봐

너를 힘껏 끌어안고
거짓말이란 걸 밝혀낼 테니

각오해

너를 절대 놓지 않고
멍청이라는 걸 알려줄 테니

그러니 더 꼭 안아 봐
더 꽉 잡아 봐

거짓말이 아니라면
멍청이가 아니라면

사랑이 정말 있는 거라면

막차

일찍 도착하지 않아도 좋으니
제때 도착하지 않아도 좋으니

당신이 내게
막차였으면 좋겠습니다

용감한 사람

우리는
생각보다 용감한 사람일지도 몰라

돌이켜 보면
끝이라 생각했던 길에서
항상 다시 출발했으니까

소나무

인생 좀 구불대면 어때
꿈길 좀 비뚤대면 어때

하늘 향해 뻗지 않아도
땅을 향해 고개 숙여도

사시사철 푸른 빛 잃지 않으면
그 이름 잃지 않는 소나무처럼

인생 좀 구불대면 어때
꿈길 좀 비뚤대면 어때

사시사철 푸른 꿈 잃지 않음 되지
그 꿈에 새길 이름 잊지 않음 되지

봄꽃

봄이 꽃을 피워
자신이 왔음을 알린 것처럼
사랑도 곧 오려나 봅니다

내 마음에도 활짝
당신이 피었으니

베짱이

겨울을 앞두고 노래만 부르는 베짱이는
사실 늦가을이면 생명이 다한다고 해
어차피 베짱이에게 겨울은 오지 않는 거야

볼 수도 없는 겨울을 걱정하기보다
사랑을 위해 오늘이 마지막인 것처럼 노래하는
사랑이 마지막인 당연한 삶

사랑을 품고도 늘 겨울이 걱정인 우리가
과연 그를 가벼이 여길 자격이 있을까

이 가을이 정녕 마지막이라면
우리는 두려움 없이 사랑할 수 있을까

너의 여백

문득
아무것도 할 수 없을 때가 있어

보이는 것도 아닌데
느껴지는 것도 아닌데

쓸데없이 충만한
그런 시간

거울

물웅덩이를 건너려다
그 안에 담긴 하늘을 보았어

온종일 울던 하늘은
자신이 쏟은 눈물 속에
말간 얼굴로 잠겨있더군

비스듬히 박힌 전봇대 끝에
오렌지빛 솜사탕을 감고
언제 울었냐는 듯
무슨 일 있었냐는 듯

손에 든 커피를
조르륵 하늘 위에 부었어
내 마음처럼 까맣게
물들이고 싶어서

간지럼 타며 일렁이다
이내 잠잠해진 하늘은

여전히 말갛고 오렌지 같았어
까맣게, 물들었는데도

물웅덩이를 건너려다
하늘을 보았어
어둠이 내릴 때까지

온종일 울던 하늘을
마알간 하늘을

까맣게 물들고도
오렌지 같던
어둠이 찾아와도
반짝거리는

사람들이 아름다워져야 할 이유

그 누구도 꽃밭을 보며
상처받고 나약한 꽃을 찾으려 하지 않는다

다만
아름답다 할 뿐이지

낯 뜨거운 열매

너를 보면 살구 싶어져
자두 자두 너만 꿈꾸게 돼
하루를 온통 너로 채운 게 그 얼마나 오렌지

이러니 내가 널 사랑할 수박에

벽

나는 벽을 가진 사람입니다

나를 보이지 않으면서 나를 지키는 방법
나는 벽을 품은 사람입니다

그런 나를 마주하면
열에 다섯은 허물려 하거나
열에 다섯은 돌아서고 맙니다
나는 그런 사람이 되었습니다

그러나 그대는 이상한 사람이었습니다
열에 다섯처럼 허물려 하거나
열에 다섯처럼 돌아서지 않았습니다

다만 벽에 기대어 말을 걸 뿐이었습니다
햇살이 참 눈부시다고

난 벽에 작은 창문을 하나 내었습니다
햇살이 참 눈부셨습니다

그대는 이야기합니다
창문이 참 예쁘다고
예쁜 창문을 가진 벽이 참으로 곱다고

그 말 한마디에
벽에는 손잡이가 예쁜 문이 생겼습니다
색도 참 고운 문 하나가 생겼습니다

똑똑

그대가 문을 두드립니다
빼꼼히 열린 문틈으로 바람이 들어옵니다

아,
봄은 이렇게 오려나 봅니다

알고 있지

시간은 한 번도 재촉한 적 없으나
서쪽 하늘은 늘 쉽게 물들고
키만 자란 그림자는 오늘도
힘겹게 나를 따르네

알고 있지

고단한 밤을 지나 다시 날이 밝으면
한 번 더 견뎌야 할 하루

믿음에 의지하는 것도
의지를 믿는 것도
한 번 더 버거워질 내일

그러나 몰랐었지

이만큼 견뎌내고
지금껏 버텨낼 줄

저 멀리 보이지 않던 길 위에
지금 이렇게 서 있을 줄

밤이 왔으나
나는 새벽을 기다리네

알고 있는 하루는 익숙하고
알 수 없는 내일은 궁금해서

동쪽 하늘은 늘 예쁘게 물들고
한 뼘 자란 그림자는 내일도
한 걸음 앞서 나를 부를 테니

나에게로

안개에 둘러싸인 듯
무채색 감정 한가운데 길을 잃을 때
나 그대 발밑을 뒹구는 초록 잎이 되겠습니다

실바람 따라 앞서 구르며
향기로 채색된 너른 꽃밭으로
그리움이 지기 전에 인도하겠습니다

어둠에 갇혀버린 듯
마음의 감각이 먹먹해질 때
나 그대 발길을 깨우는 소리가 되겠습니다

바스락바스락 살갑게 속삭이며
붉게 타오르는 아침 바다로
그리움이 식기 전에 인도하겠습니다

안다

안는다는 것은 나도 안긴다는 것
위로하면서도 위로받는 것

청춘

봄 하늘에 눈이 내린다고
겨울이라 부를까
눈 내리는 봄
차가운 봄일 뿐

결국 달아오르고
녹아내리고
피어나리니

봄도
그대도

그리워도 좋을 계절

겨울이 오네

따뜻한 모든 걸 그리워해도
퍽 자연스러울 계절이

고요의 숲

책장을 넘기다
살며시 덮었습니다

고요에 잠식된 소리들이
치열한 숨을 뱉고
감정과 열정이 예열되는 숲
그 안에 내가 있습니다

계절을 잊은 이곳
발아의 온도는 어느 즈음일지
바람도 불지 않아
물어볼 곳이 없습니다

그런데도
외롭다기보다 고독해서 좋습니다
기도 같은 침묵에 나를 얹을 수 있어서

책을 다시 폅니다
고요의 숲을 걷습니다

어디선가
기다리던 바람이 불어옵니다

그런가 봅니다

바다만큼이라 하기엔
내 마음 넓고 깊진 않아서
나만 보는 그대를 좋아하나 봅니다

하늘만큼이라 하기엔
내 마음 맑지만은 않아서
밤에 만날 그대를 기다리나 봅니다

우주만큼이라 하기엔
내 마음 끝없지는 않아서
생을 바쳐 그대만 사랑하나 봅니다

루틴

딱히 별수 없는 그리움
딱하디딱한 별 수많은 밤의 기다림

고마워

괜찮지 않았는데
괜찮냐고 물어봐 줘서
괜찮아졌어

넘어졌는데
타이르지 않아서
덜 아팠어

혼자 있고 싶은데
모른 척 머물러 줘서
외롭지 않았어

이런 나에게 이런 너라서
또 하루를 견뎌냈어

뜻

뜻밖의 일은
뜻을 품은 사람에게 일어난다

아카시아 그늘 아래서

초록의 그늘 사이로 노란 햇살 나부끼던
그 계절의 너를 기억해

웃을 때마다 들썩이던 어깨를
어딘가 바라보던 옆모습을
젖어있던 머리카락과 하얀 셔츠를

불어오는 바람에 잠시 정신을 잃었던
그 계절의 나도 함께였는데

짙은 향기의 아카시아꽃이었을까
순간을 삼켜버린 것은

해마다 기억을 잃어
꽃 무리가 쏟아내는 향기에 취할 때면

너를 기억하다가
순간을 기억하다가

아찔했었던

그 잠깐의 기억을

가벼워질수록 무거워지는 것들

미안하다는 말보다
감사하다는 말이 쉬워서

감사하다는 말보다
사랑한다는 말이 쉬워서

가볍게 뱉어냈던
사랑한다는 말들

닿을 수 없는 말이 얼마나 무거운지
담을 수 없는 맘이 얼마나 무거운지
조금만 더 일찍 알았더라면

살갑던 축복이 주름지기 전에
뜨겁던 응원이 희어지기 전에

등 굽은 햇살에 말을 걸어본다

닿을 수 없는 말이

담을 수 없는 맘이
더 무거워지기 전에

사계절

필연처럼
그대를 봄

하나둘
마음을 열음

그리고

필연처럼
바래져 갈

하나둘
조각 날 마음의 결

별, 그리고

때로는

빛을 잃어야 볼 수 있는 것들이 있다

꿈의 계절

꿈의 계절은
거꾸로 흐른다지요

차갑고 헐벗은 계절
버티는 것이 삶의 전부일 때
가장 갈망하는 것을 품어
꿈꾸게 된다지요

꿈꾸는 대로 물드는 계절
오색의 곱디고운 허영이
툭, 바람에 흔들려 떨어지면
날 닮은 꿈 하나 남는다지요

비로소 푸른 계절
기어이 살아남은 꿈은
무성히 자란 희망을 이고
뜨거운 탄생을 준비한다지요

그리고

끝내 마주한다지요
예쁘게 피어난 꿈을
아찔한 단내 풍기는 꿈을
놓지 않았던 그 꿈을

여기, 봄에

그 속에서

우산을 쓴다고 비에 젖지 않을까
쏟아지는 빗줄기 속에서

애쓴다고 네게 젖지 않을까
차오르는 네 생각 속에서

달아, 나

달아,
달아나렴

달아오른 아침 하늘에
달고 단 밤그리움 녹아내리기 전에

고양이와 책

차라리 네가
고양이라면 좋겠어

무심한 듯 애태워도
원할 때만 날 찾아도
어쩌다 가끔 기대 오는 몸짓이면
속없는 집사라 불리어도 좋겠어

차라리 내가
책이라면 좋겠어

읽다가 금세 잠들어도
냄비 받침으로 사용해도
필요할 때면 닿을 거리에
덩그러니 놓여 있어도 좋겠어

그래, 차라리
그랬으면 좋겠어

그렇게 뱅글뱅글

맴돌기만 할 거라면

이렇게 안절부절

바라보기만 할 거라면

첫사랑

그것은
이른 아침 창 너머 하얀 풍경

어설피 두른 목도리 사이
감출 수 없는 미소 머금고
장갑도 잊은 채 집을 나서던
무모한 설렘

살며시 디딘 첫 발자국은
이내 달음질과 뒤엉켜 웃고
빨갛게 익은 얼굴
꽁꽁 언 손에
뽀드득 뽀득 늘어가던
하얗고 예쁜 모든 것

단단할 줄 알았던 모든 게
반나절 온기로 흔적 없이 사라지고
남은 거라곤
온종일 눈물을 쏟았던

빙점의 기억

세월이 흘러
변하지 않은 것 하나 없어도
여전히 닮은 온도에 닿을 때마다
어김없이 설레고 웃음 짓게 만드는
그 첫 번째 감각

그것은

그렇게 가겠습니다

4월의 벚꽃처럼
그대에게 가겠습니다

머리부터 어깨까지
꽃잎으로 수놓아
걸음마다 흩날리는
향기가 되겠습니다

초여름 소나기처럼
그대에게 가겠습니다

삼키는 울음보다
소란스레 쏟아져
흠뻑 젖은 두 볼의
핑계가 되겠습니다

가을 단풍처럼
그대에게 가겠습니다

두근대는 가슴 깊이
빨갛게 물들어
고이 담아 간직할
추억이 되겠습니다

한겨울 함박눈처럼
그대에게 가겠습니다

밤사이 모든 세상
새하얗게 뒤덮어
설레며 걸음 디딜
처음이 되겠습니다

이겨내다

또다시 하루가 진다
오늘도 내가 이겼다

하얀 꽃

밤공기에 물든
낮은 목련 가리키며
아이는
하얀 꽃 피었다 말합니다

달도 없는 가지 끝엔
잿빛 꽃잎뿐이건만
아이는
하얀 꽃 피었다 말합니다

4월의 밤바람
무딘 그 끝자락에
여윈잠 뒤척이던
꽃잎 하나 떨어지면

말 없던 어른
발끝을 바라보며
그래 참 하얗구나
혼잣말만 되뇝니다

기대

꽃 한 송이에
나를 담아 보낸다

너라면
너와 함께라면
시들지 않을 것 같아서

너라는 꿈

신비로운 음악도
황홀하게 물든 노을도 아닌데

너를 들으면
너를 보면
아무것도 할 수 없어

반짝반짝 일렁이는 물결처럼
번쩍번쩍 소란한 폭풍처럼

너 하나로 빛나고
너 하나로 흔들리는
감정의 바다

어떻게 널 탓하겠어

저 멀리 있는 너를
내 맘대로 꿈꿔놓고

꿈의 고도

종이비행기의 낮은 비행도
우리는 날아간다 말하지

하루만

발끝에 차이는 햇빛이
한 걸음 앞서 길을 밝히면
궁금했던 마음에 안부를 얹어
잠시 미뤄두려 합니다

하루쯤 늦어도 날은 여전히 좋아서
그대는 예쁘고 길은 고울 테니
오늘은 그저 어깨를 맞대고
사부작사부작 걸어볼까 합니다

눈만 마주쳐도 방긋 웃는 그대가
수줍은 얼굴로 고개 숙이기 전에
하루만 잠시 미뤄두려 합니다
오늘은 그저 걸어볼까 합니다

예보

잠시 스친 소나기처럼

그 눈물도 곧 멈추게 될 거야

빛과 그림자

그림자가 짙다는 건
너를 둘러싼 빛이 밝다는 것

나의 해방일지

추앙해요 당신을
당신의 모양을 그림자를

그림자가 짙을수록
당신의 모양이 선명해서
고개를 숙이고도
당신을 알아볼 수 있으니까

환대해요 당신을
나의 모양으로 빛깔로

빛깔이 진할수록
나의 모양이 선명해서
모서리가 맞지 않아도
당신을 물들일 수 있으니까

추앙해요 환대해요

오늘의 당신을

어제 그러했듯이

내일 또 봐요

당신 그리고 나
그래요, 우리

그대는 없는데 그대가 있습니다

살랑살랑 춤추는
고양이의 꼬리에도

빙글빙글 돌아가는
선풍기의 미풍에도

오늘은
그대가 있습니다

고양이 이마의 햇살이
선풍기 날개의 잔상이
애써 날 머무르게 하지 않아도

오후의 맑음과
바람의 여백이
이유처럼 느껴지는 시간

그대는 없는데
그대가 있습니다

그대를

만나야겠습니다

갈 수 있어

길을 나서는 것이 두렵지 않은 건
돌아갈 곳이 있기 때문이야

너 자신을 잃지 마
그럼 넌 어디든 갈 수 있어

그대가 그렇습니다

바람이 불어도
안개는 사라지지 않고
눈 앞을 가립니다

우산을 써도
가랑비는 품을 파고들어
가슴을 적십니다

내게는
그대가 그렇습니다

내가 네 위로의 증거

괜찮아질 거야
믿어도 돼

내가 알아
나도 그랬으니까

너의 우주는 피어나는 중

너의 작은 우주는 예쁘게 자라고 있어
그래, 넌 잘하고 있어

하루 철새

어둠이 묽어지면
깃을 다듬어 여행을 떠나네

빗방울 이고 찬바람 품에 안으며
땅속을 지나 하늘 밑을 걸어서
콘크리트 우거진 숲 깊숙이
살아내야 하는 곳으로

있는 듯 없는 듯 보호색에 숨다가
몸뚱이를 부풀려 호기도 부려야 하는
짧고도 고단한 피식자의 계절

기우는 햇살 따라 눈동자에 멍이 들면
해진 깃을 털어내고 여행을 준비하네

빗방울 이고 찬바람 품에 안으며
땅속을 지나 하늘 밑을 걸어서
콘크리트 우거진 숲 깊숙이
살아내야 하는 곳으로

살을 부비고 부리를 맞대며
삼켰던 모든 걸 게워 주어야 하는
짧고도 고단한 피식자의 계절

어둠이 짙어지면
날개로 눈을 가린 채 잠을 청하네
동면의 밤이 단꿈에 취하지 않도록

또다시 어둠이 묽어지면
망설임 없이 떠날 수 있도록

나의 우주

너를 안으면
내가 안을 수 없는 모든 것들을 잊을 수 있어

이미 난
우주를 품었으니

비 오는 토요일 아침

너는
비 오는 토요일 아침 같아

허무하고 아쉬운데
빨리 흘러가지도 않으니까

그런데도
별수 없이 또
기다릴 수밖에 없는

그래 너는
비 오는 토요일 아침 같아

기다립니다

노을을 기다립니다

태양이 머무는 내내
회색 속내 감춰야 하는 나는
빨갛게 울먹이는 하늘을 보며
눈시울 붉힐 수 있는
저녁노을을 기다립니다

노을을 기다립니다

어둠이 머무는 내내
젖은 울음 삼켜야 하는 나는
뜨겁게 산란하는 먼지를 보며
가슴 밝힐 수 있는
아침노을을 기다립니다

나는 기다립니다

회색 속내 감추면서

젖은 울음 삼키면서

빨갛게 울먹이는 나를
뜨겁게 산란하는 나를

사라지지 않겠다

안개가 그림자를 삼키고
모습조차 지우면
무용한 감각을 곤두세워 버둥거린다
사라지지 않으려고

얼마나 걸어왔는지
얼마나 더 가야 하는지는
무의미한 계산

위태롭던 방황마저 길을 잃은 마당에
여기가 어딘지도 알 수 없는 마당에

등 뒤에 뿌려진 꽃잎을 바라본다
한때는 선혈이었던 상처의 눈물을
멀어질수록 희미한
아니 가까울수록 선명한 핑크빛 흔적을

모든 것이 희미한 지금
돌아갈 수 없는 길 위에는

아름다워진 것만 남았다

사라지지 않으려고 버둥거린다
사라지고 마는 것들 속에서

살고 싶은 모양이다

내일 다시 돌아볼 나에게
아름답게 남기 위해서

반짝반짝

나는
당신이 반짝인다고 했고
당신은
나와 함께라 반짝인다고 했다

말 한마디로도 그렇게
사랑은 반짝인다

엄마

뒤늦게 알았다

날 수 있게 도와주지 않는다며
불평만 했었는데

사실은
가라앉지 않도록
버티어 주었다는 것을

그대를 어떻게 불러야 할까요

그대를
어떻게 불러야 할까요

하고 싶은 말들은
줄지어 기다리는데
그대 이름조차 적지 못하고
시간만 편지 위에 소복이 쌓여가네요

다정하게 부르기엔
마음보다 느린 내가 멀리 있어서
정중하게 부르기엔
감정보다 가벼운 그대가 가까이 있어서

우리가 마주 선 그 사이 어디쯤
결 고운 호칭이 좋을 것 같은데

도대체
그대를 어떻게 불러야 할까요

아침이 오기 전에
보고 싶다는 말 적을 수 있을까요

밤보다 깊은 이 그리움이
오직 그대 것이라는 걸
알려주고 싶은데

그대는
없는데

그대가
있습니다

초판 1쇄 발행   2024. 4. 9.

지은이   이태우
펴낸이   김병호
펴낸곳   주식회사 바른북스

편집진행   박하연
디자인   한채린

등록   2019년 4월 3일 제2019-000040호
주소   서울시 성동구 연무장5길 9-16, 301호 (성수동2가, 블루스톤타워)
대표전화   070-7857-9719 | **경영지원**   02-3409-9719 | **팩스**   070-7610-9820

•바른북스는 여러분의 다양한 아이디어와 원고 투고를 설레는 마음으로 기다리고 있습니다.

이메일   barunbooks21@naver.com | **원고투고**   barunbooks21@naver.com
홈페이지   www.barunbooks.com | **공식 블로그**   blog.naver.com/barunbooks7
공식 포스트   post.naver.com/barunbooks7 | **페이스북**   facebook.com/barunbooks7

ⓒ 이태우, 2024
ISBN 979-11-93879-61-0 03810